經典
少年遊

020

故事新編

換個方式說故事

Old Stories Retold
Retelling of Myths and Legends

繪本

故事◎洪國隆
繪圖◎施怡如

黃昏，橘黃色的雲霞，籠罩著嫦娥家的大宅院。嫦娥坐在窗口，等待夫婿后羿打獵回來。她托著腮，坐在桌前望著窗外，天色漸漸暗下來，還是沒有后羿的身影。又半個時辰過去，嫦娥站起來，往廚房走。

負責做飯的侍女，　早就把鍋子洗乾淨、　火也生得不大不小，　就等后羿回來，　把獵物處理好，　立刻下鍋料理。
「回來了，　老爺回來了！」家將和侍女們的聲音裡，　充滿期待。　他們放下手邊的工作，　往大門走去。

嫦娥沒有跟著大家去湊熱鬧，她回到剛才坐著的窗口，她知道，一定又是烏鴉。家將把馬拉進馬廄，后羿進門的時候，就看見妻子坐在窗口。

他把長弓交給家將，再解下腰上的箭袋，侍女立刻接了過去，再輕輕走到嫦娥身邊。

7

「嗯，」后羿小心的說：「今天，運氣還是不好，打到的……還是只有烏鴉。」

嫦娥站了起來，柳眉一揚，像風一樣走了出去，嘴裡不斷的咕噥著：「烏鴉、烏鴉、烏鴉！你不知道，我已經吃膩了烏鴉？」

后羿立刻追了過去，他陪著笑、低聲的說：「不過，今天還不錯，另外射到一隻麻雀，可以給妳做菜。」后羿獻上一隻血肉模糊的麻雀。「一團糟！」嫦娥不開心的說：「全都粉碎了，哪裡還看得到肉？」

后羿說：「我的弓太強，箭頭也太大了。」嫦娥還是不能諒解，她說：「你不能用小一點的箭嗎？」后羿尷尬的說：「我沒有小的箭。妳忘了堯帝時代，我射『封豕長蛇』的事蹟了嗎？」嫦娥怎麼會忘了？

14

那時后羿年輕英勇，大豬、長蛇危害人民，他憑著精湛的箭法，在洞庭湖畔對抗豬群；在桑林獨鬥長蛇。再看看眼前這隻小麻雀，后羿呀后羿，這是「封豕長蛇」嗎？嫦娥對侍女說：「拿去煮一碗鳥湯吧！」

15

當年的大豬多肥美、蛇羹多可口；而今，只剩烏鴉肉可吃。勉強撐過一頓，后羿躺在脫了毛的舊豹皮上，一面回想過去，一面跟嫦娥說：「妳還記得嗎？以前我們捕到熊只吃四個腳掌，捕到駱駝只留著駝峰吃。」

「後來呢？」嫦娥喝著水問。「大動物吃完了，就吃野兔、山豬、雉雞。我的箭法高強，任牠跑得多快、飛得多高，我都能精準的射中！」后羿越講越得意，最後還是忍不住嘆了一口氣。

「唉ㄞ，只ㄓ怪ㄍㄨㄞ我ㄨㄛ箭ㄐㄧㄢ法ㄈㄚ太ㄊㄞ精ㄐㄧㄥ妙ㄇㄧㄠ了ㄌㄜ，竟ㄐㄧㄥ然ㄖㄢ把ㄅㄚ地ㄉㄧ上ㄕㄤ可ㄎㄜ以ㄧ吃ㄔ的ㄉㄜ都ㄉㄡ射ㄕㄜ個ㄍㄜ精ㄐㄧㄥ光ㄍㄨㄤ！誰ㄕㄟ料ㄌㄧㄠ得ㄉㄜ到ㄉㄠ，會ㄏㄨㄟ只ㄓ剩ㄕㄥ下ㄒㄧㄚ烏ㄨ鴉ㄧㄚ做ㄗㄨㄛ菜ㄘㄞ……」嫦ㄔㄤ娥ㄜ聽ㄊㄧㄥ了ㄌㄜ，忍ㄖㄣ不ㄅㄨ住ㄓㄨ笑ㄒㄧㄠ出ㄔㄨ來ㄌㄞ。她ㄊㄚ的ㄉㄜ笑ㄒㄧㄠ真ㄓㄣ是ㄕ美ㄇㄟ啊ㄚ！后ㄏㄡ羿ㄧ看ㄎㄢ了ㄌㄜ，心ㄒㄧㄣ情ㄑㄧㄥ跟ㄍㄣ著ㄓㄜ好ㄏㄠ起ㄑㄧ來ㄌㄞ。「明ㄇㄧㄥ天ㄊㄧㄢ我ㄨㄛ再ㄗㄞ走ㄗㄡ遠ㄩㄢ點ㄉㄧㄢ，看ㄎㄢ能ㄋㄥ不ㄅㄨ能ㄋㄥ給ㄍㄟ妳ㄋㄧ打ㄉㄚ隻ㄓ兔ㄊㄨ子ㄗ回ㄏㄨㄟ來ㄌㄞ。」

嫦娥勉強的笑了笑。后羿又說：「誰知道動物會被吃得精光呢？我一個人還沒有關係，只要吞下那道士送我的金丹，就能飛上天去。倒是妳，我不能放下妳不管。」嫦娥累了，她躺下來休息。

第二天一早，后羿騎著快馬，一路飛奔到中午。一百多里路了，除了烏鴉還是什麼都不見。再往前幾里，好不容易看到一隻飛禽。后羿毫不遲疑，立刻搭弓放箭。「啊唷！」一個老婆婆捧著一隻帶箭的飛禽走過來。

「你把我頂好的黑母雞射死了！」

「啊？是您養的雞？」后羿很不好意思。老婆婆生氣的問：「你是誰啊，這麼魯莽？」「我是后羿。」「后羿是誰？」后羿解釋說：「堯帝時代，我射死過危害百姓的大豬、長蛇……」

「哈哈，騙人，那是逢蒙做的好事。也許你在旁邊幫了點忙吧，那也不能算是你的功勞哇！」后羿連忙想再解釋，但老婆婆在意的是母雞怎麼辦。「我沒帶錢，就把身上帶的五個炊餅賠給妳，妳看怎樣？」

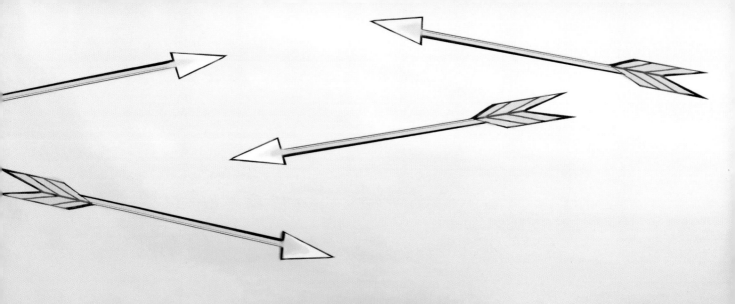

老婆婆不大願意，但看在炊餅全是白麵做的，勉強同意了。后羿帶著雞，快馬加鞭往回走。直到黃昏，在高粱田附近，一枝箭朝著他射了過來。后羿立刻搭起弓，朝著那箭射了過去。兩箭在空中交會，發出清脆的聲音。

第二箭、第三箭……，直到后羿的箭用完了，逢蒙得意的站在后羿面前，拉滿了弓對準他的咽喉。致命的那一箭射出。這一箭，后羿用牙咬下，才保住性命。「可惡，我教了他箭法，為了成為天下第一，竟用這方法來對付我。」

逃過一劫，后羿沒有時間多停留，他要回去給嫦娥燉雞湯。回到家，后羿心情特別興奮。可是嫦娥呢？家裡上上下下亂成一團，看到后羿回來，慌忙來報：「夫人不見了，到處找遍了，就是沒看到。」

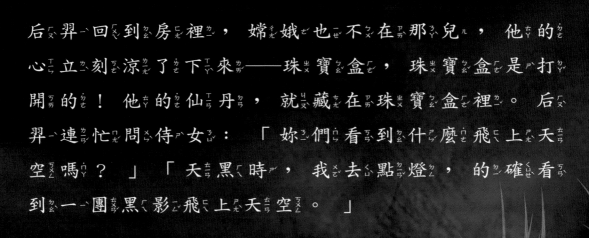

后羿回到房裡，嫦娥也不在那兒，他的心立刻涼了下來——珠寶盒，珠寶盒是打開的！他的仙丹，就藏在珠寶盒裡。后羿連忙問侍女：「妳們看到什麼飛上天空嗎？」「天黑時，我去點燈，的確看到一團黑影飛上天空。」

「那一定是了！」后羿知道嫦娥吞了他的金丹，飛上天空去了。他抬頭看天空，月亮就在上方，嫦娥一定到月宮中的樓臺去了。

「唉，她竟忍得下心，留我一個人，獨自飛上天。這也不能怪她，每天讓她吃烏鴉……」

38

后羿說著，想了一想：「我真是餓極了，還是先來盤辣子雞，五張烙餅。明天再去求那道士，給我一顆金丹，吃了追上去吧。」后羿把雞交給侍女，自己回房裡休息去了。

故事新編
換個方式說故事

讀本

原典解說◎洪國隆

魯迅為中國現代卓然獨立的文學家，家人與師友在他的
思想形成與人生經歷上，扮演了極重要的角色。

魯迅

相關的人物

巴金

TOP PHOTO

魯迅（1881～1936年），本名周樹人，字豫才。青年時曾東
渡日本習醫，後來深感救國必須透過文學，轉而從事文藝創作。
小說集有《吶喊》、《徬徨》、《故事新編》等，另有大量雜文、
評論、翻譯、文學史論等作品傳世。一生大力推動中國文學的
現代化，為清末民初新舊轉型時期的關鍵人物。

巴金，本名李堯棠。青年時曾留學法國、
日本，並長期致力於現代文學創作、翻譯
及出版，是五四新文化運動以來，最有影
響力的作家之一。尊魯迅為導師，兩人為
忘年之交。代表作有長篇小說《家》、
《春》、《秋》，合稱為《激流三部曲》。

周作人（右圖），魯迅的弟弟，新文化運動的代表人物之一。青年時期與魯迅一同留學日本，兩人文學活動起初緊密相連，後來卻分道揚鑣。五四運動之後，與鄭振鐸、許地山等人成立「文學研究會」，並與魯迅、林語堂等創辦文學刊物《語絲》。

周作人

TOP PHOTO

周福清

周福清是魯迅的祖父，本名周致福，是同治年間的進士。曾於翰林院、江西金溪縣擔任過相關官職。由於科場舞弊案，被判決斬監候，直到八國聯軍亂平之後，才被光緒帝赦免，但沒多久便逝世了。

許廣平

許廣平，筆名景宋，魯迅晚年伴侶。就讀北京女子師範大學時為魯迅的學生，畢業後雙雙共赴廣州，而後遷居上海。1936 年，魯迅親自將兩人從 1925 年相識至 1929 年間的來往信件編訂為《兩地書》。魯迅也曾以「十年攜手共艱危，以沫相濡亦可哀」詩句贈予許廣平，為兩人感情生活下了註腳。

許壽裳

許壽裳，字季茀，民初學者、教育家。為魯迅留日同學，回國後為同事，兩人交情深厚。魯迅過世後，許壽裳為他編寫年譜，並發表大量回憶魯迅生平點滴的文章。1947 年擔任臺灣大學中文系首任系主任，隔年於宿舍慘遭殺害。

章太炎

章太炎，字枚叔，名炳麟，號太炎。清末民初思想家、國學家。主張反清排滿，為「中華民國」國號的創始人。避居日本講學期間，魯迅、周作人、許壽裳等同為其門下。

生活在清末民初的魯迅，不僅大量接受西方的翻譯著作，同時也是推動中國文學現代化進程的重要人物。

1881 年

魯迅生於清光緒七年，浙江紹興的書香門第。此時正值晚清內憂外患頻仍，國勢頹危之際。這一年，清廷與俄國簽訂了割地賠款的《伊黎條約》。

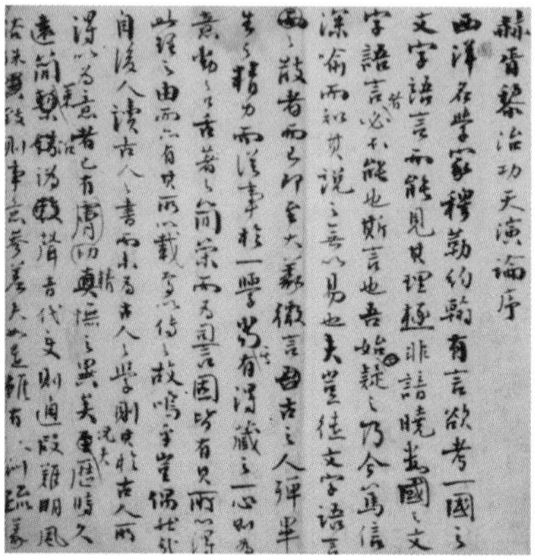

出生

TOP PHOTO

1897 年

清末民初，翻譯西方著作甚為盛行，著名的有嚴復翻譯赫胥黎的《天演論》。光緒二十三年譯文首次刊登於《國聞報》，次年正式出版。書中傳播達爾文「物競天擇」的進化論思想，對於中國知識分子影響甚遠，魯迅即為其中之一。上圖為嚴復《天演論》手稿。

進化論思想

相關的時間

新式教育

1898 年

清光緒二十四年，魯迅離開浙江紹興老家的三味書屋，來到金陵新式學堂江南水師學堂就讀，並且改名為周樹人。隔年轉入江南陸師學堂附設的礦務鐵路學堂，學習幾何學、地質學、化學等西學。

1902 年

光緒二十八年，魯迅到日本留學。到日本之後，魯迅先進入東京弘文學院學習日語，兩年後才進入仙台醫學專門學校，學習現代醫學。右圖為魯迅（右二）與仙台醫專同學的合影，他是當時仙台唯一的中國留學生。

留學日本

TOP PHOTO

發表小說

1918 年

民國七年，三十七歲的周樹人首次用筆名「魯迅」，在《新青年》雜誌上發表小說〈狂人日記〉。是中國現代文學史上，中國人所創作的第一篇白話小說。

逝世

五四運動

1919 年

第一次大戰結束後，列強將德國在山東的權益，轉讓給日本。當時的中國北洋政府未能捍衛國家權利，引發群眾抗議，史稱「五四運動」。此一運動主要以青年知識分子為主，除了政治訴求之外，進而思索如何在知識文化層面重新徹底的拯救中國。

1936 年

1936 年 10 月 19 日，魯迅因病逝世於上海，上萬名上海民眾自發的舉行公祭。送葬的民眾在魯迅靈柩上覆蓋一面旗幟，上面有「民族魂」三個字。如此尊崇，可見魯迅對中國民族影響甚為深遠。

魯迅一生創作了豐沛，在中國文學史上具有開創性的意義。他的作品受到政治局勢與文化思潮等各方面的影響。

《故事新編》是魯迅的短篇小說集，收錄魯迅 1922 年至 1935 年間所創作的八篇短篇小說，主要以神話與歷史傳說作為題材，故事充滿豐富的想像力。魯迅以活潑生動的文筆重新詮釋古代傳說，賦予舊故事嶄新的意義。

清光緒年間，魯迅曾在南京求學。求學期間嗜讀西方翻譯著作，例如嚴復所翻譯的《天演論》，以及林紓所翻譯的外國小說等等。這對他日後從事小說創作，具有一定的影響力。

學堂是古代中國對於學校的舊稱。晚清末年的洋務運動中，創辦新式教育也是重要的一環。例如同文館、船政學堂、水師學堂、北洋大學堂、京師大學堂等，都是著名的新式學堂。魯迅也曾就讀過新式學堂。

故事新編

天演論

學堂

相關的事物

悲慘世界

TOP PHOTO

《悲慘世界》是十九世紀法國作家雨果（Victor Hugo）最著名的小說作品，雨果有一篇關於女主角芳汀來歷的文章，魯迅 1903 年翻譯為中文，題為〈哀塵〉。魯迅可以說是中國最早一位引介《悲慘世界》的譯者，雨果為社會底層人物發聲的寫作理念，影響了魯迅日後創作。左圖為《悲慘世界》插圖，描繪被警察抓住打罵的女子芳汀。

Types chinois. — D'après un croquis de M. V. Léonard.

辮子

滿清強令漢人改裝易服，命男子蓄髮辮。晚清中國人的辮子在歐日外人眼中常被取笑為「豬尾巴」。魯迅留日期間，見中國留學生被日本人追逐嘲笑的景象，備感屈辱，於是憤而剪去了辮子。日後創作〈阿Q正傳〉，主角阿Q是魯迅用來諷刺典型中國人的角色，Q即是顆光著的腦袋，後腦杓拖條辮子。上圖為清末法國畫報所繪中國百姓群像，可見男子蓄長辮。

木刻版畫

木刻版畫是一種在木板上刻出反向的圖，然後印在紙上欣賞的藝術。1931年，魯迅在上海發起新興木刻運動，並創辦「木刻講習會」，提倡木刻版畫應以同情人民大眾和呼喚國民覺醒為主。

中國小說史略

《中國小說史略》為第一部綜論中國小說的文學史專著，原本是魯迅在北京大學課堂上的講義，1925年集結成書出版。全書共二十八篇，將中國小說上溯自古代神話傳說，直論至晚清四大譴責小說。在中國學術史上具有開創意義，書中許多論點至今仍廣為學界接受。

魯迅出生在紹興的書香世家，年輕時前往日本留學，
歸國後待過北京、廈門、廣州，晚年定居在上海。

仙台位於日本宮城縣內，是東北地方最大的城市。魯
迅原本先到東京，因看不慣東京留學生的不正經，而
仙台當時還沒有中國留學生，故選擇至仙台醫專就讀。

仙台

相關的地方

魯迅紀念館

TOP PHOTO

在浙江、上海、南京等地都有魯迅紀念館，其中以浙江紹興的紀念館較具代表性。魯迅有三
分之一的歲月是在紹興度過，因此留下了不少珍貴的文物資料。紀念館包含了魯迅故居、百
草園、三味書屋和魯迅生平事蹟陳列廳。上圖為紹興魯迅紀念館的三味書屋一景。

紹興

魯迅出生在紹興會稽縣的一個大家族，祖父周福清是清朝的官員，父親周伯宜在科舉中曾考上過秀才。紹興在今日的浙江，古時候又稱會稽、山陰，或簡稱越，明清時代文化非常興盛，出了許多著名的文人。

廣州

魯迅因為積極參與五四運動與抗議三一八慘案，在北京難以立足，於是南下到廈門大學擔任教師。數個月之後，離開廈門，到達廣州，進入中山大學擔任教師，並在此地與許廣平展開新的生活。

上海

魯迅在廣州中山大學任教一段時間後，便離開廣州前往上海。晚年的魯迅，幾乎在上海度過。在上海，魯迅可以自由的寫作而不受過多政治干擾。這段時期的魯迅也寫作了很多回憶性的散文與大量思想性的文章。

東京

東京位於日本本州島東部，在明治維新之後成為日本的首都，與美國的紐約、英國的倫敦、法國的巴黎並稱為世界四大城市。魯迅前往日本留學時，就曾到東京的弘文學院學習日語，兩年後才轉入仙台就讀。

江南水師學堂

江南水師學堂又稱南洋水師學堂，是清光緒十六年間開設的新式學校。校址位於南京，主要為南洋水師培養人才。魯迅十七歲時離開家鄉，前來此處接受新式教育。右圖為江南水師學堂大門遺址。

TOP PHOTO

51

故事新編

　　《故事新編》是魯迅的一部短篇小說集，收錄了魯迅在 1922年到 1935 年之間，根據古代神話、傳說、傳奇等「故事」而重新編寫成的短篇小說，包括：〈補天〉、〈奔月〉、〈理水〉、〈採薇〉、〈鑄劍〉、〈出關〉、〈非攻〉、〈起死〉等八篇。

　　這些古時候「故事」裡的人物，許多都是英雄聖賢，例如后羿、女媧、大禹等等，來到魯迅筆下之後，神聖光環消失，呈現他們平凡、平常的一面。〈奔月〉裡的后羿和嫦娥便是如此，為了溫飽，四處奔走，當年的射日英雄如今只能射射烏鴉和麻雀。

　　《故事新編》中的人物和事實都是有歷史依據的。以這些人物或事實為骨幹，用現代小說的表現方式，把久遠的傳說重新加以闡釋，甚至出現和傳說完全不同的結局，也讓古老的故事有了新的趣味和新的意涵。

你父親用井華水慢慢地滴下去，那劍嘶嘶地吼著，慢慢轉成青色了。這樣地七日七夜，就看不見了劍，仔細看時，卻還在爐底裡，純青的，透明的，正像兩條冰。──《故事新編·鑄劍》

　　《故事新編》的文字典雅簡潔，在舊事中，魯迅加了很多精雕細刻的描寫，如〈鑄劍〉根據的是《列異傳》、《搜神記》等古籍所載〈三王塚〉的故事，講的是鑄劍名匠干將莫邪之子「眉間尺」為父報仇的經過。

　　母親告訴眉間尺其父親鑄劍的過程，並且說明父親去世的原因，希望眉間尺為父親報仇。純青的、透明的，好比兩條冰的干將、莫邪劍，正如魯迅俐落的文字一樣，把這個故事說得冷靜卻令人激動不已。

　　魯迅把八篇「故事」改編得滑稽有趣，甚至有些唐突，這些都是魯迅獨有的表現手法，而且幾乎每篇都有隱含的用意，把他對周遭人事的不滿，借古諷今表現出來。從這本書裡的故事、作者自序，或者各篇後的附注，都可以明顯的看出這些企圖。

你不是懷孕已經五六個月了麼？不要悲哀；待生了孩子，好好地撫養。一到成人之後，你便交給他這雄劍，教他砍在大王的頸子上，給我報仇。——《故事新編·鑄劍》

　　《故事新編》和傳統歷史小說的寫法最大的差異，在於雖然以神話、傳說、傳奇為依據，但並未完全受歷史的真實所拘束，而是以作者自己的創作方式加以更新，有了不一樣的結局。讓這些作品，在歷史跟現實之間，成了有意義的聯結，而且在裡面表露了作者心中的願景。

　　魯迅希望透過寫作，來改造社會。民間文學給了魯迅豐富的養分，而《故事新編》就是把這些養分發揚光大的最好例子。

　　從小到大，誰沒有聽過女媧補天、嫦娥奔月、大禹治水的故事呢？作為中國現代小說之父，魯迅在《故事新編》用新的語言，新的思考，把這些古老的典故，變成新的題材。

〈鑄劍〉之中，眉間尺的父親即將前往宮中煉劍，他知道這一去，恐怕將無法再回來了。魯迅用不疾不徐的文字，把眉間尺父親心願交代了，一顆不安的靈魂，應當聲嘶力竭，用聳動的字句來表達。但在魯迅的筆下，眉間尺的父親只是淡淡的向著眉間尺的母親說：「一到成人之後，你便交給他這雄劍，教他砍在大王的頸子上，給我報仇。」

魯迅誕生的年代在滿清末期，從出生到成長，經歷了多少爭戰、革命，他不喜歡欺壓別人的統治者，更不欣賞那些卑躬屈膝、忍辱求全的人。〈鑄劍〉正是在這種心情之下寫成的作品；它呈現了魯迅發自內心復仇主義的心情，表現出魯迅內心的吶喊，成就出這篇作品的磅礴氣勢。

后羿

在《故事新編》裡的〈奔月〉，作者魯迅把后羿由傳説中的「神」，轉變為平凡的「人」。

后羿過去到底有多「神」呢？

后羿，古書上又稱他為「夷羿」，是夏王朝有窮氏的首領，是個箭無虛發、百發百中的神射手。

相傳，天上原本有十個太陽，大地一片燥熱，草木乾枯，農作物也都難以生長，人民痛苦不堪。后羿為了讓百姓可以活下去，舉起了紅色的弓，搭起了白色的箭，一連射下九個太陽，留下一個現在我們看得到的太陽，依舊在空中造福大自然。自從九個太陽被后羿射下後，氣候變得溫和，更適合人居住，自比草木茂密，農作物也結實纍纍。

后羿不僅用神力射下九個太陽，他還為人民除去異禽猛獸。這樣神勇無比的后羿，在古書之中是部落的首領，形象何其神勇、地位何其崇高！

羿在垃圾堆邊懶懶地下了馬，家將們便接過韁繩和鞭子去。他剛要跨進大門，低頭看看掛在腰間的滿壺的簇新的箭和網裡的三隻烏老鴉和一隻射碎了的小麻雀，心裡就非常躊躕。——《故事新編‧奔月》

但是當后羿來到魯迅筆下，搖身一變，成了為三餐不停奔走，始終尋不到獵物、無法給妻子溫飽的一個平凡百姓。

后羿在傍晚時回到家，在垃圾堆旁下了馬，僕人接過韁繩，把馬綁好，將馬鞭收起。走進家門時，低頭看見自己腰上一整捆的箭，依舊全新得像沒使用過——因為已經幾乎沒有獵物可射了。一整天的忙碌，后羿只射得三隻老烏鴉和一隻麻雀，而那隻小小的麻雀也被粗大的箭射得粉碎，而這就是今天的晚餐。

而今天的晚餐和昨天、前天、大前天的……都一樣，都是老烏鴉肉，這如何對得起屋裡的女主人呢？

那個射太陽、斬大蛇、除猛豬的后羿，真的無用武之地了嗎？

颼的一聲，只一聲，已經連發了三枝箭，剛發便搭，一搭又發，眼睛不及看清那手法，耳朵也不及分別那聲音。本來對面是雖然受了三枝箭，應該都聚在一處的，因為箭箭相銜，不差絲髮。——《故事新編·奔月》

后羿回到家，走向房內，妻子慢慢的回過頭，愛理不理的向后羿看了一眼，沒有說話。

成為平凡人的后羿，小心侍候著妻子的臉色。他自己也知道烏鴉炸醬麵不好吃，他自己可以忍耐著吃，但是他不忍讓他深愛的妻子跟他一起受罪。

英雄此刻不免又回顧當年的風光，那時候遍地都是野生動物，射到了熊，只吃牠的四個掌，因為熊掌是最肥美的部分；如果是駱駝，就只吃積存了最多油脂的駝峰，那也是駱駝最香嫩的地方，其餘的肉，就分給侍女和家將們。

可是為什麼會落得今天的地步？后羿認為是自己「箭法太巧妙」，將獵物都射光了，以致今日無肉可吃。他依舊為自己過去的神勇而沾沾自喜。

這樣的日子，其實后羿早有準備。他大可以吞下道士送他的金丹飛升上天，據說就能成仙而長生不死。但是后羿沒有這麼做，因為金丹只有一顆，他必須為妻子嫦娥著想。

神勇的后羿雖沒了昔日的風光，依然深愛妻子。他對嫦娥相當忍讓，百依百順，甚至在可以成為神仙的時候，都沒有拋下嫦娥，獨自逍遙。然而，這個深情的英雄，面對嫦娥私自吞下金丹、飛上月亮的時候，也曾憤怒的拿起射日的箭，朝著月亮連發三箭。

一發，搭箭又一發。神準的后羿，三箭前後相連成一線。但是，為了擴大命中的範圍，他故意抖動了一下，讓三箭落在三處，而不是都落在同一處。

儘管沒有射下月亮，但后羿的怒氣消了一些，他知道這一切不是嫦娥的錯，只怪烏鴉炸醬麵真的不好吃。於是他轉念一想：明天再去找那道士要一顆仙藥，吃了追上去吧——看來他依然深愛著嫦娥。

逢蒙

逢蒙是后羿家中僕人的孩子，從小在后羿家長大，后羿非常喜愛他，把他當成自己的兒子。等到逢蒙十二、三歲時，便讓他管理家中武器、弓箭。只要外出遊玩，或者練習射箭時，后羿一定會把逢蒙帶在身旁。

跟在一代箭神身邊，逢蒙想跟后羿學習。他有學習的意願，也有學箭的天資潛力，后羿當然樂意把一身絕妙功夫傳授給他。

有一天，后羿把逢蒙叫到面前，打算讓他開開眼界，讓他知道什麼叫做「精準」。「你到前面的林子去，隨便找一棵楊樹，回來告訴我，你要第幾棵樹的第幾根枝條的第幾片葉子，我射給你看！」后羿自信十足的說。年少的逢蒙難以置信，他心想：「怎麼可能？那楊樹距離在一百步以外，葉片那麼多，都混在一起了，怎能射中它呢！」

「有些人是一聽就知道的。堯爺的時候，我曾經射死過幾匹野豬，幾條蛇……。」「哈哈！騙子！那是逢蒙老爺和別人合夥射死的。也許有你在內罷；但你倒說是你自己了，好不識羞！」──《故事新編‧奔月》

但是逢蒙還是找了一棵楊樹，回到后羿這邊。只見后羿拉足了弓，一枝箭「嗖──」的飛了出去，逢蒙又回到百步外的楊樹邊，睜大眼看著那枝箭，精準的落在他指定的那片楊樹葉上。

從此逢蒙便認真專心的按照后羿教授的方法，天天練習射箭。他進步神速，才一年多，逢蒙的箭術和后羿已不相上下，也有了「神射手」的名號。

〈奔月〉裡后羿遇到一位老婆婆，向她介紹自己就是曾經打過巨蛇、大豬的后羿時，老婆婆卻不認得后羿，還說自己只聽過「逢蒙」。她錯把這些英勇的事，都安在逢蒙的身上，可見逢蒙已經是一個有名氣的人了。

有了名氣，逢蒙還不滿足。不只是「神射手」的名號，他要的是「天下第一」。但是要當天下第一神射手，他的勁敵就是后羿。於是逢蒙興起了壞念頭，他要用自己的箭，除掉自己的師父！

第一箭剛剛相觸，兩面立刻又來了第二箭，還是錚的一聲，相觸在半空中。那樣地射了九箭，羿的箭都用盡了；但他這時已經看清逢蒙得意地站在對面，卻還有一枝箭搭在弦上正在瞄準他的咽喉。──《故事新編·奔月》

逢蒙發現后羿帶著母雞、騎著馬，疲累的向回家的路前進。天色已是黃昏，逢蒙躲在暗處，搭著一枝箭，向后羿無情的飛去。

第一枝箭被后羿發出來的箭擋住，只聽到「錚」的一聲，兩枝箭互相碰觸，擦出火花。兩枝箭擠成「人」字形，掉落在地上。

第一箭射完，逢蒙又射第二箭，一樣被后羿射落在地上。

箭囊裡通常有十枝箭，逢蒙知道，后羿剛才拿了一枝抵押給老婆婆，打算隔天再用五個炊餅去換回來。所以后羿九枝箭用完之後，再也沒有箭枝可以抵擋了。於是逢蒙得意的出現在后羿面前，把箭搭在弦上，瞄準后羿。

為了擁有「天下第一」的名號，逢蒙毫不猶豫的射出那一箭。那一箭不偏不倚，正中后羿的嘴巴。后羿一個觔斗，便掉落馬下。逢蒙看見后羿落馬，

慢慢的靠過去，臉上掛著勝利的微笑。

　　出乎意外的，這時后羿張開眼睛，坐了起來。他一口吐出緊咬的箭，輕鬆笑著說：「難道你沒聽說我練過『嚙鏃法』嗎？」

　　原來后羿用牙齒咬住逢蒙最後的一箭。逢蒙只好看著后羿騎著馬，哈哈大笑的離開。

　　孟子曾經對這個故事提出看法，他說，古時候的賢者公明儀認為后羿沒有錯，錯的是逢蒙。可是孟子卻認為，后羿沒有教育好逢蒙，沒有匡正他的品德，才會導致這種學生殺老師的後果，所以后羿也有錯，只是錯得比逢蒙少一點罷了。

　　「一日為師、終身為父」的傳統，逢蒙必然沒有學習到。「品德」教育重於一切，如果能夠重新來過，也許后羿不會再選擇逢蒙；也或許后羿仍舊選擇了逢蒙為徒，但是一定會更加的指導他，教導他學習射箭以外的美好德行。

嫦娥

關於嫦娥的傳說非常多，其中一種說法是，嫦娥是五帝之一「帝嚳」的女兒，生得美若天仙，十分動人。後來偷吃了王母娘娘的不死之藥，飛上月宮，在冷清的廣寒宮裡，過著寂寞的歲月。

在中秋節時，月圓人團圓的日子裡，抬起頭來看看天上的明月，總會想起神話故事裡的嫦娥。在〈奔月〉裡，嫦娥變成一位驕縱、無法和丈夫同甘共苦的人。她對於丈夫的不滿，在日常生活的細節中，表露無遺──

「你去問問去，誰家一年到頭只吃烏鴉肉的炸醬麵的？」

為了讓嫦娥滿意，后羿辛苦的為三餐奔走，只要天一亮，就騎著馬、提著弓，到更遠的林子打獵，但嫦娥依舊對他不滿。

有時后羿吃著炸醬麵，自己也覺得不好吃，偷偷瞄一下嫦娥，嫦娥對於炸醬是看也不看，只用湯泡了麵，吃了半碗，又放下來不吃了。

想起來，真不知道將來怎麼過日子。我呢，倒不要緊，只要將那道士給我的金丹吃下，就會飛升。但是我第一先得替你打算⋯⋯ —《故事新編·奔月》

嫦娥逐漸變瘦，讓后羿看了非常心疼。她受到后羿這麼多的呵護，卻依舊不滿足。這一天，后羿辛辛苦苦多跑了三十里路，才獵到一隻麻雀，嫦娥不但沒有讚美，還冷冷的回答：「你不會走更遠一點嗎？遠一點說不定有更好的獵物。」

對於后羿的愛，嫦娥毫不領情。但后羿對於嫦娥的予取予求，卻甘之如飴：「對！對！我怎麼沒想到呢！就這麼辦，我明天早一點起床，這樣就可以走到更遠的地方了，說不定可以捉隻麞子或者兔子什麼的。」「哼。」嫦娥喝了一口水，躺在床上，就睡著了。可是后羿卻還醒著，心想：「我男子漢大丈夫，這種苦算什麼？真沒辦法了，只要將道士給的金丹一口吞下，飛上天去，一切的苦難不就結束了嗎？」

不過后羿並沒有這麼做。一切的一切，不止盡的努力都是為了他的嬌妻——嫦娥。

女辛想了一想，大悟似的說：「我點了燈出去的時候，的確看見一個黑影向這邊飛去的，但我那時萬想不到是太太……。」於是她的臉色蒼白了。

—《故事新編·奔月》

　　驕縱的嫦娥，無法體會后羿的難處，在后羿到更遠的地方打獵的時候，她偷偷的打開首飾箱。首飾箱裡貴重的，不是金銀珠寶，而是那一顆道士送的金丹。

　　這一天，后羿還是沒有準時回家。嫦娥不知道，后羿這一天多跑了六、七十里路，回程的路上，又遇到逢蒙的射殺，差點失去性命，回家的時間就這麼給耽擱了。

　　即使后羿再怎麼快馬加鞭，嫦娥還是氣不過，她猜想一定還是只有烏鴉，后羿才會這麼晚了還沒有回家。於是她吞下了那顆常生不死的藥，然後輕飄飄的飛上天空，慢慢的往上升、往上升，最後降落在月亮上。

　　匆忙趕路的后羿，沒有發現這天的月亮旁邊有一些陰影，只見家裡僕人們亂成一團。

「太太不見了！到處都找不到。」

當后羿來到凌亂的房內，看到藏著金丹的首飾箱也不見時，不祥的預感立刻在心中浮起。

「你們有沒有看見太太吃了那箱裡的藥？」「你們有沒有看見什麼東西，向天空飛了上去？」后羿焦急了。一個女僕臉色蒼白的回答：「我把房內的燈點亮時，有看到一個黑影向外面飛了出去，我那時也沒想到會是太太……」「飛向哪邊？」后羿更著急了。女僕往上指著，后羿順著那個方向，只見到雪白潔淨的明月，高高掛在天空，模模糊糊的還可以看到有些樓房和樹木的影子。

「唉，」后羿沉重的坐了下來，嘆了一口氣，「她竟忍心撇了我獨自飛升？」

嫦娥傳說中美麗溫婉的形象，在這篇〈奔月〉中，完全被打碎。自私、無情、易怒的嫦娥，無法忍受粗糙的食物，吞下金丹離開深愛她的后羿，到月亮上去了。

當故事新編的朋友

　　女媧補天、嫦娥奔月、大禹治水，這些大家從小耳熟能詳的神話傳說故事，自古以來就是由上一代的人說給下一代的人聽，代代口耳相傳而來。其間，為了增加樂趣，還加油添醋的編入了吸引人的細節，以至於到了現在，我們依然能對於這些傳說故事津津樂道。

　　魯迅這位中國現代文學的先驅，從小就愛聽各式各樣的傳說故事。當他開始發憤寫小說時，就發揮他的創作天才，把這些人人都聽過的故事大大改寫了一番，寫出了一本非常獨特的現代版中國神話傳說──《故事新編》。

　　魯迅不愧是魯迅，總是能獨排眾議，非得說出和一般人不同的見解來。彷彿不這樣做，人生便失去了興味。在他的筆下，傳統中大家熟知的那位替人類著想的補天女神女媧，搖身一變，成為一個和人類無法溝通的苦悶女神。女媧被這麼一改寫，便增添了人性，不再是高高在上，而是和人一樣，也會遭遇同樣的生命困境。

　　傳說中的嫦娥溫柔婉約，后羿英氣煥發，而魯迅對他們卻有不同的想像。他看出了嫦娥的自私無情，又同情后羿英雄落寞後的處境，更寫出他對嫦娥不捨的眷戀之情。這些神話傳說故事經過魯迅巧手改寫，都換上了嶄新的面目。

　　和《故事新編》做朋友，你會看到不一樣的女神和仙女，也會看到許多英雄和賢者的另一面。他們和現代人一樣，會開心、會悲傷，會哭、會笑，會追求理想，也會渴望自由。

　　快來和《故事新編》做朋友吧！愛聽故事的你，認識了這些形形色色的女神英雄之後，不妨也像魯迅一樣馳騁想像，寫下自己的故事新編！

我是大導演

看完了故事新編的故事之後，
現在換你當導演。
請利用紅圈裡面的主題（奔月），
參考白圈裡的例子（例如：嫦娥），
發揮你的聯想力，
在剩下的三個白圈中填入相關的詞語，
並利用這些詞語畫出一幅圖。

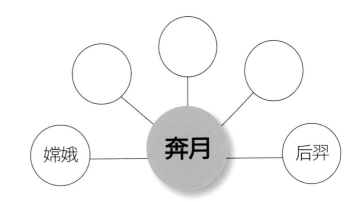

◎ 少年是人生開始的階段。因此，少年也是人生最適合閱讀經典的時候。這個時候讀經典，可為將來的人生旅程準備豐厚的資糧。因為，這個時候讀經典，可以用輕鬆的心情探索其中壯麗的天地。

◎ 【經典少年遊】，每一種書，都包括兩個部分：「繪本」和「讀本」。繪本在前，是感性的、圖像的，透過動人的故事，來描述這本經典最核心的精神。小學低年級的孩子，自己就可以閱讀。讀本在後，是理性的、文字的，透過對原典的分析與說明，讓讀者掌握這本經典最珍貴的知識。小學生可以自己閱讀，或者，也適合由家長陪讀，提供輔助說明。

◎ 【經典少年遊】，我們先出版一百種中國經典，共分八個主題系列：詩詞曲、思想與哲學、小說

---

001 世說新語　魏晉人物畫廊
A New Account of Tales of the World: Anecdotes in the Southern and Northern Dynasties

故事／林羽豔　原典解說／林羽豔　繪圖／吳亦之

東漢滅亡之後，魏晉南北朝便出現了。雖然局勢紛亂，但是卻形成了自由開放的風氣。《世說新語》記錄了那個時代裡，那些人物怎麼說話、如何行事。讓我們看到他們的氣度、膽識與才學，還有日常生活中的風雅與幽默。

002 搜神記　神怪故事集
In Search of the Supernatural: Records of Gods and Spirits

故事／劉美瑤　原典解說／劉美瑤　繪圖／顧珮仙

晉朝的干寶，搜集了許多有關神仙鬼怪與奇思異想的故事，成為流傳至今的《搜神記》。別小看這些篇幅短小的故事，它們有些是自古流傳的神話，有的是民間傳說，統稱為「志怪小說」，成為六朝文學的燦爛花朵。

003 唐人傳奇　浪漫的傳說故事
Tang Tales: Collections of Tang Stories

故事／康逸藍　原典解說／康逸藍　繪圖／林心雁

正直的書生柳毅相助小龍女，體驗海底龍宮的繁華，最後還一同過著逍遙自在的生活。唐人傳奇是唐朝的文言短篇小說，內容充滿奇幻浪漫與俠義豪邁。在這個世界裡，我們不僅經歷了華麗的冒險，還看到了如夢似幻的生活。

004 竇娥冤　感天動地的竇娥
The Injustice to Dou E: Snow in Midsummer

故事／王蕙瑄　原典解說／王蕙瑄　繪圖／榮馬

善良正直的竇娥，為了保護婆婆，招認自己從未犯過的罪。行刑前，她許下三個誓願：血濺白布、六月飛雪、三年大旱，期待上天還她清白。三年後，竇娥的父親回鄉判案，他能發現事情的真相嗎？竇娥的心聲，能不能被聽見？

005 水滸傳　梁山好漢
Water Margin: Men of the Marshes

故事／王宇清　故事／王宇清　繪圖／李遠聰

林沖原本是威風的禁軍教頭，他個性正直、武藝絕倫，還有個幸福美滿的家庭，無奈碰上了欺壓百姓的太尉高俅，不僅遭到陷害，還被流放到偏遠地區當守軍。林沖最後忍無可忍，上了梁山，成為梁山泊英雄的一員大將。

006 三國演義　風起雲湧的英雄年代
Romance of the Three Kingdoms: The Division and Unity of the World

故事／詹雯婷　原典解說／詹雯婷　繪圖／蔣智鋒

曹操要來攻打南方了！劉備與孫權該如何應戰，周瑜想出什麼妙計？大戰在即，還缺十萬支箭，孔明卻帶著二十艘船出航！羅貫中的《三國演義》，充滿精采的故事與神機妙算，記錄這個風起雲湧的英雄年代。

007 牡丹亭　杜麗娘還魂記
Peony Pavilion: Romance in the Garden

故事／黃秋芳　原典解說／黃秋芳　繪圖／林虹亨

官家大小姐杜麗娘，遊賞美麗的後花園之後，受寒染病，年紀輕輕就離開人世。沒想到，她居然又活過來！這到底是怎麼一回事？明朝劇作家湯顯祖寫《牡丹亭》，透過杜麗娘死而復生的故事，展現人們追求自由的浪漫與勇氣！

008 封神演義　神仙名人榜
Investiture of the Gods: Defeating the Tyrant

故事／王洛夫　原典解說／王洛夫　繪圖／林家棟

哪吒騎著風火輪、拿著混天綾，一不小心就把蝦兵蟹將打得東倒西歪！個性衝動又血氣方剛的哪吒，要如何讓父親李靖理解他本性善良？又如何跟著輔佐周文王的姜子牙，一起經歷驚險的戰鬥，推翻昏庸的紂王，拯救百姓呢？

009 三言　古今通俗小說
Three Words: The Vernacular Short-stories Collections

故事／王蕙瑄　原典解說／王蕙瑄　繪圖／周庭萱

許宣是個老實的年輕人，在下著傾盆大雨的某一日遇見白娘子，好心借傘給她，兩人因此結為夫妻。然而，白娘子卻讓許宣捲入竊案，害得他不明不白的吃上官司。在美麗華貴的外表下，白娘子藏著什麼秘密？她是人還是妖？

010 聊齋誌異　有情的鬼狐世界
Strange Stories from a Chinese Studio: Tales of Foxes and Ghosts

故事／岑澎維　原典解說／岑澎維　繪圖／鍾昭弋

有個水鬼名叫王六郎，總是讓每天來打漁的漁翁滿載而歸。善良的王六郎會不會永遠陪著漁翁捕魚？好心會有好報嗎？蒲松齡的《聊齋誌異》收錄各式各樣的鄉野奇談，讓讀者看見那些鬼狐精怪的喜怒哀樂，原來就像人類一樣。

與故事、人物傳記、歷史、探險與地理、生活與素養、科技。每一個主題系列，都按時間順序來選擇代表性的經典書種。

◎ 每一個主題系列，我們都邀請相關的專家學者擔任編輯顧問，提供從選題到內容的建議與指導。我們希望：孩子讀完一個系列，可以掌握這個主題的完整體系。讀完八個不同主題的系列，可以不但對中國文化有多面向的認識，更可以體會跨界閱讀的樂趣，享受知識跨界激盪的樂趣。

◎ 如果說，歷史累積下來的經典形成了壯麗的山河，【經典少年遊】就是希望我們每個人都趁著年少探索四面八方，拓展眼界，體會山河之美，建構自己的知識體系。少年需要遊經典。經典需要少年遊。

011 說岳全傳　盡忠報國的岳飛
The Complete Story of Yue Fei: The Patriotic General
故事／鄒敦怜　原典解說／鄒敦怜　繪圖／朱麗君

岳飛出生沒多久，就遇上了大洪水，流落異鄉。他與母親相依為命，又拜周侗為師，學習武藝，成為一個文武雙全的人。岳飛善用兵法，與金兵開戰；他最終的志向是一路北伐，收復中原。這個心願是否能順利達成呢？

012 桃花扇　戰亂與離合
The Peach Blossom Fan: Love Story in Wartime
故事／趙予彤　原典解說／趙予彤　繪圖／吳泳

明朝末年國家紛亂，江南卻是一片歌舞昇平。李香君和侯方域在此相戀，桃花扇是他們的信物。他們憑一己之力關心國家，卻因此遭到報復。清朝劇作家孔尚任，把這段感人的故事寫成《桃花扇》，記載愛情，也記載明朝歷史。

013 儒林外史　官場浮沉的書生
The Unofficial History of the Scholars: Life of the Intellectuals
故事／呂淑敏　原典解說／呂淑敏　繪圖／李遠聰

匡超人原本是個善良孝順的文人，受到老秀才馬二與縣老爺的賞識，成了秀才。只是，他變得愈來愈驕傲，也一步步走犯錯。清朝作家吳敬梓的《儒林外史》，把官場上的形形色色全寫進書中，成為一部非常傑出的諷刺小說。

014 紅樓夢　大觀園的青春年華
The Story of the Stone: The Flourish and Decline of the Aristocracy
故事／唐香燕　原典解說／唐香燕　繪圖／麥震東

劉姥姥進了大觀園，看到賈府裡的太太、小姐與公子，瀟湘館、秋爽齋與蘅蕪苑的美景，還玩了行酒令、吃了精巧酥脆的點心。跟著劉姥姥進大觀園，體驗園內的新奇有趣，看見燦爛的青春年華，走進《紅樓夢》的文學世界！

015 閱微草堂筆記　大家來說鬼故事
Random Notes at the Cottage of Close Scrutiny: Short Stories About Supernatural Beings
故事／邱慧敏　故事／邱慧敏　繪圖／楊瀚橋

世界上真的有鬼嗎？遇到鬼的時候該怎麼辦？看看紀曉嵐的《閱微草堂筆記》吧！他會告訴你好多跟鬼狐有關的故事。長舌的女鬼、嚇人的笨鬼、扮鬼的壞人、助人的狐鬼。看完這些故事，你或許會覺得，鬼狐比人可愛多了呢！

016 鏡花緣　海外遊歷
Flowers in the Mirror: Overseas Adventures
故事／趙予彤　原典解說／趙予彤　繪圖／林虹亨

失意的文人唐敖，跟著經商的妹夫林之洋和博學的多九公一起出海航行，經過各種奇特的國家。來到女兒國，林之洋竟然被當成王妃給抓走了！翻開李汝珍的《鏡花緣》，看看他們的驚奇歷險，猜一猜，他們最後如何歷劫歸來？

017 七俠五義　包青天為民伸冤
The Seven Heroes and Five Gallants: The Impartial Judge
故事／王洛夫　原典解說／王洛夫　繪圖／王韶薇

包公清廉公正，但宰相龐太師卻把他看在眼中釘，想作法陷害。包公能化險為夷嗎？豪俠展昭是如何發現龐太師的陰謀？說書人石玉崑和學者俞樾，把包公與江湖豪傑的故事寫成《七俠五義》，精彩的俠義故事，讓人佩服！

018 西遊記　西天取經
Journey to the West: The Adventure of Monkey
故事／洪國隆　原典解說／洪國隆　繪圖／BO2

慈悲善良的唐三藏，帶著聰明好動的悟空、好吃懶做的豬八戒、刻苦耐勞的沙悟淨，四人一同到西天取經。在路上，他們會遇到什麼驚險意外？踏上《西遊記》的取經之旅，和他們一起打敗妖怪，潛入芭蕉洞，恣意冒險！

019 老殘遊記　帝國的最後一瞥
The Travels of Lao Can: The Panorama of the Fading Empire
故事／夏婉雲　原典解說／夏婉雲　繪圖／蘇奔

老殘是個江湖醫生，搖著串鈴，在各縣市的大街上走動，幫人治病。他一邊走，一邊欣賞各地風景民情。清朝末年，劉鶚寫《老殘遊記》，透過主角老殘的所見所聞，遊歷這個逐漸破敗的帝國，呈現了一幅抒情的中國山水畫。

020 故事新編　換個方式說故事
Old Stories Retold: Retelling of Myths and Legends
故事／洪國隆　原典解說／洪國隆　繪圖／施怡如

嫦娥與后羿結婚後，有幸福美滿嗎？所有能吃的動物都被后羿獵殺精光，只剩下烏鴉與麻雀可以吃！嫦娥變得愈來愈瘦，勇猛的后羿能解決困境嗎？魯迅重新編寫中國的古代神話，翻新古老傳說的面貌，成為《故事新編》。

經典
少年遊

youth.classicsnow.net

020
故事新編　換個方式說故事
Old Stories Retold
Retelling of Myths and Legends

編輯顧問（姓名筆劃序）

王安憶　王汎森　江曉原　李歐梵　郝譽翔　陳平原
張隆溪　張臨生　葉嘉瑩　葛兆光　葛劍雄　鄭培凱

故事：洪國隆
原典解說：洪國隆
繪圖：施怡如
人時事地：林保全

編輯：鄧芳喬 張瑜珊 張瓊文
美術設計：張士勇
美術編輯：顏一立
校對：陳佩伶

企畫：網路與書股份有限公司
出版者：大塊文化出版股份有限公司
台北市10550南京東路四段25號11樓
www.locuspublishing.com
讀者服務專線：0800-006689
TEL：+886-2-87123898
FAX：+886-2-87123897
郵撥帳號：18955675
戶名：大塊文化出版股份有限公司
法律顧問：全理法律事務所董安丹律師

總經銷：大和書報圖書股份有限公司
地址：新北市新莊區五工五路2號
TEL：+886-2-8990-2588
FAX：+886-2-2290-1658
製版：沈氏藝術印刷股份有限公司

初版一刷：2014年6月
定價：新台幣299元